‘किसी शहर में बचे हुए जंगल
उस शहर की मनुष्यता के पर्याय हैं।’

किसी मनुष्य का पेड़ हो जाना की सभी कविताओं में सुधीर आज़ाद ने जिन संवेदनाओं को उकेरा है वे मनुष्य के मनुष्य बने रहने के लिए अनिवार्य हैं।

पेड़ों का भारतीय सांस्कृतिक, आध्यात्मिक, सामाजिक, वैज्ञानिक एवं प्राकृतिक सन्दर्भ जिस तरह से यहाँ प्रस्तुत हुआ है; वह अद्भुत है।

पेड़ों को जितनी तरह देखा, सुना और कहा जा सकता है; यह सब इसमें हैं। इन कविताओं में रहनेवाली अनुभूतियाँ हमारे बहुत पास हैं और बहुत ख़ास हैं। मैं सुधीर आज़ाद की इस बात से सहमत हूँ कि–‘किसी मनुष्य में सत्य, प्रेम, परोपकार और शान्ति का भाव स्थायी हो जाना उसका पेड़ हो जाना। इसलिए *किसी मनुष्य का पेड़ हो जाना* उसकी मनुष्यता के विकास का चरम है।... *किसी मनुष्य का पेड़ हो जाना* में मैं स्पष्ट रूप से यह कहना चाहता हूँ कि प्रकृति संरक्षण का विचार हमारी जीवनशैली में समाहित होना चाहिए। हमें अपनी नयी पीढ़ी को पेड़, प्रकृति और पर्यावरण के प्रति संवेदनशील बनाना होगा। संवेदनाओं के इसी सम्बन्ध से हम अपनी प्रकृति को उसके सुन्दरतम रूप में वापस ला सकेंगे।’

काव्य-संग्रह की इन पंक्तियों में पूरी किताब सामने आ जाती है कि–

‘कोई शहर कितना ज़िन्दा है
या उस शहर में कितने सभ्य
या कितने संवेदनशील लोग रहते हैं
अगर यह देखना
तो उस शहर के जंगल देखना।
किसी शहर में
बचे हुए जंगल
उस शहर की मनुष्यता के पर्याय हैं।’

–परी जोशी

अनुक्रम

‘किसी मनुष्य का पेड़ हो जाना’ उसकी मनुष्यता के विकास का चरम है

‘नदी, मैं तुम्हें रुकने नहीं दूँगा’ नदियों पर आधारित काव्य-संग्रह के बाद पेड़ों पर आधारित काव्य-संग्रह ‘किसी मनुष्य का पेड़ हो जाना’; कृतज्ञतापूर्वक प्रकृति के प्रति मेरा आत्मीय आभार एवं प्रणाम है।

प्रारम्भ से ही यह मुझे बहुत आकर्षित और बेहद आन्दोलित करने वाला था कि कोई शुभ क्षण हो, कोई त्योहार हो, कोई उत्सव हो; सीधे प्रकृति से जुड़ता है। किसी भी अपने के सुखद, स्वस्थ और समृद्ध होने के लिए होने वाली पूजा और प्रार्थना के लिए आस्था के केन्द्र का प्रथम बिन्दु प्रकृति ही है विशेष रूप से पेड़।

नदियों के पुत्र हैं पेड़। पहाड़ों के मित्र हैं पेड़ और इस ब्रह्माण्ड के सबसे सुन्दर चित्र पेड़ हैं।

पेड़ों के देवत्व एवं दिव्यत्व की अनुभूति हमारी आस्थाओं के अस्तित्व का आधार है। वृक्षों की महिमा-गरिमा का उल्लेख जितना भारतीय संस्कृति में है, विश्व में अन्यत्र असम्भव ही है।

पेड़ इस ब्रह्माण्ड के मूल निवासी हैं। हमारे सबसे पुराने पुरखे पेड़ हैं। पेड़ धरती पर सर्वाधिक पुराने जीवन-साक्ष्य हैं।

भारतीय सांस्कृतिक जीवन में धर्म एवं प्रकृति के संयोग एवं सम्बन्ध का चिन्तन भारतीय ज्ञान परम्परा ने स्थायी रूप से समाहित किया है। पेड़ और पाषाण में परमात्मा के दर्शन कराने वाली भारतीय ज्ञान परम्परा ने धर्म में प्रकृति की वन्दना को दृढ़ता के साथ स्थापित किया है।

लोक-हित और लोक-कल्याण की पर्याय प्रकृति के सबसे आकर्षक और अद्‌भुत रूपों में एक पेड़ है। पर्यावरण संरक्षण से भी बढ़कर प्रकृति पूजन की अवधारणा हमारे चिन्तन का बुनियादी आधार है।

पेड़ों का समुच्चय हमारे जंगल वे आँगन हैं जहाँ मनुष्यता ने सृजन किया है। अरण्य में लिखने के कारण ग्रन्थ विशेष आरण्यक कहलाये। प्रकृति के विविध स्वरूप को समझते हुए—वृक्षायुर्वेद की रचना की गयी।

वृक्षों में विराट विश्व एवं प्रकृति की विराटता अद्भुत अनुभूति है। प्रत्येक पेड़-पौधों, वनस्पति और वृक्ष में प्रकृति की एक अनुपम शक्ति और रहस्य छिपा हुआ है, जिसका आख्यान वेदों, उपनिषदों, पुराणों, शास्त्रों, लोक विश्वासों और परम्पराओं में अनेक रूपों में दृष्टिगोचर होता है।

यह सद्भाव यजुर्वेद के 'शान्ति मन्त्र' में अभिहित है, जिसमें द्युलोक, अंतरिक्ष, पृथ्वी, जल, वनस्पति प्रभृति में सर्वत्र परम शान्ति बने रहने का उदात्त भाव अनुस्यूत है। प्रत्येक घटक में शान्ति की कामना तत्कालीन ऋषियों की सामाजिक और पर्यावरणीय सद्भावना का द्योतक है—

'ॐ द्यौ: शान्तिरन्तरिक्ष: शान्ति:,
पृथ्वी शान्तिराप: शान्तिरोषधय: शान्ति:।
वनस्पतय: शान्तिर्विश्वे देवा: शान्तिब्रह्म शान्ति:,
सर्व: शान्ति:, शान्तिरेव शान्ति:, सा मा शान्तिरेधि॥
।। ॐ शान्ति: शान्ति: शान्ति:॥'

'औषधय: शान्ति, वनस्पतय: शान्ति:' जैसे वैदिक मन्त्रों के उद्घोष हमारी पर्यावरणीय आस्था और प्रतिबद्धता को प्रतिध्वनित करता है एवं भारतीय सांस्कृतिक दृष्टिकोण का मानवीय दर्शन प्रस्तुत करता है। यह बताता है कि भारतीय चिन्तन प्रकृति से जुड़ा है। हमारा यह विश्वास रहा है कि किसी भी क़िस्म की रचनात्मकता या सृजनात्मकता का आधार प्रकृति ही है। कलात्मक अभिव्यक्ति का भावात्मक और विचारात्मक सौन्दर्य प्रकृति आयातित ही है ।

विष्णुधर्मोत्तरपुराण में वृक्षों के विषय में कहा गया है कि दूसरे द्वारा रोपित वृक्ष का सिंचन करने से भी महान फलों की प्राप्ति होती है—

'सेचनादपि वृक्षस्य रोपितस्य परेण तु।
महत्फलमवाप्नोति नात्र कार्या विचारणा।।'

मत्स्यपुराण में वृक्षों के महत्त्व को स्वीकार करते हुए कहा गया है कि दस कुओं के बराबर एक बावड़ी होती है, दस बावड़ियों के बराबर एक तालाब, दस तालाबों के बराबर एक पुत्र है और दस पुत्रों के बराबर एक वृक्ष होता है—

'दशकूपसमावापी दशवापी समो ह्रदः।
दशह्रदसमः पुत्रो दशपुत्रसमो द्रुमः।।'

महाभारत एवं रामायण में वृक्षों के प्रति मनोरम कल्पना की गयी है। महाभारत के भीष्म पर्व में वृक्ष को सभी मनोरथों को पूरा करने वाला कहा गया है–

'सर्वकाम फलाः वृक्षा।'

ऋग्वेद में वन को 'देवी' एवं समस्त 'वन्य जन्तुओं की माता' कहकर सम्बोधित किया है, ऋग्वेद में वन की देवी 'अरण्यानी' कहकर सम्मानित किया है। वैदिक ग्रंथों में वन-वनस्पति एवं वृक्षों को देवत्व प्रदान करते हुए 'वनानां पतये नमः' एवं 'नमो वृक्षेभ्यो हरिकेशेभ्यः' कहकर उनको रक्षकों जैसा आदर प्रदान किया गया है।

'किसी मनुष्य का पेड़ हो जाना' इसी भाव की पूर्ति का उपक्रम है। किसी मनुष्य में सत्य, प्रेम, परोपकार और शान्ति का भाव स्थायी हो जाना उसका पेड़ हो जाना। इसलिए 'किसी मनुष्य का पेड़ हो जाना' उसकी मनुष्यता के विकास का चरम है।

इस संग्रह की कविताओं में पेड़ों का दार्शनिक, आध्यात्मिक, जैविक एवं सामाजिक सन्दर्भ तो है ही साथ ही मनुष्य के पर्यावरणीय कर्तव्यबोध की प्रतिबद्धता का उद्घोष भी है; जो इस बात को प्रतिध्वनित करता है कि मनुष्य की मनुष्यता तब तक ही बची रह सकती है जब तक पेड़ बचे रहेंगे।

मैंने कविताओं में यथार्थ कहा है। ऐसा यथार्थ जिसमें आशावादिता है, उम्मीद है, सकारात्मकता है, उत्तरदायित्वबोध है और इन सब से बढ़कर मनुष्य समाज की आश्वस्ति है कि घोर प्रतिकूलता और विषमता में भी हम पेड़ों के संरक्षण एवं संवर्धन के लिए कटिबद्ध हैं।

'किसी मनुष्य का पेड़ हो जाना' में मैं स्पष्ट रूप से यह कहना चाहता हूँ कि प्रकृति संरक्षण का विचार हमारी जीवनशैली में समाहित होना चाहिए। हमें अपनी नयी पीढ़ी को पेड़, प्रकृति और पर्यावरण के प्रति संवेदनशील बनाना होगा। संवेदनाओं के इसी सम्बन्ध से हम अपनी प्रकृति को उसके सुन्दरतम रूप में वापस ला सकेंगे।

मेरा विश्वास है कि मानव-समुदाय समष्टिगत चिन्तन में निरत रहते हुए, सामाजिक सद्भाव एवं समभाव के साथ विकास के प्रत्येक सोपान पर अपने चरण-चिह्न अंकित करे तब ही सम्पूर्ण शान्ति का भाव स्थापित होगा।

मेरे पापा श्री द्वारकाप्रसाद जी नेमा मेरे संवेदनाओं की ज़मीन हैं। यह पुस्तक उनकी प्रेरणाओं से सम्भव हुई है। इस पुस्तक की रचना-यात्रा में मेरे सहयात्री मोहित जी और परी जी हैं।

श्री अरुण माहेश्वरी जी को विशेष रूप से धन्यवाद कहना चाहता हूँ कि उन्होंने इस पुस्तक प्रकाशन को प्राथमिकता दी।

पेड़ों के विराट सन्दर्भ को मेरी छोटी-सी लेखनी से जितना लिख सका, वह आपके सामने है। पुस्तक में जो भी अच्छा है मेरे आसपास की दुनिया का है और जो रिक्तता है वो सिर्फ़ मेरी है।

'किसी मनुष्य का पेड़ हो जाना' उस प्रत्येक प्रण को समर्पित है जिसका ध्येय प्रकृति का संरक्षण एवं संवर्धन है।

—सुधीर आज़ाद

किसी जंगल से गुज़रना

एक ही रंग के हज़ार दरख़्त
एक ही शक्ल के कितने चेहरे
अभी ज़रा-सी दूर का रास्ता नज़र नहीं आता
तो कभी हर तरफ़ रस्ते ही रस्ते दिखाई देते हैं
हर एक गन्ध मदहोश किये देती है
किसी भी ओर मुड़ जाने को जी चाहता है
खींचता-सा है और बुलाता है कोई
कहीं खुल जाये तो कमाल खुलता है
वरना जंगल का जंगल तिलिस्म लगता है
किसी जंगल से गुज़रना
अपने आप से गुज़रने सरीखा है।

कविता

कविता फिर कविता होती है
चाहे वह किसी भी भाषा की हो उसका कोई भी शब्द हो
थोड़ा-सा उस तक जाओ
उसका भाव अन्तस तक वैसे ही उतर जाता है
जैसे किसी भी प्रकार का
कोई भी पेड़
ज़रा-सा ठहरकर देखो
तो आत्मा में उतर जाता है
और अपनी ज़बान में हमसे बातें करना लगता है।
पृथ्वी की सबसे सरल
और सार्थक कविता है पेड़।

वृक्ष और यात्रा

किसी भी यात्रा में
किसी भी पथ पर।
पग-पग चले वो
या किसी रथ पर।।

धूप-छाँव या साथ
जिसकी जो मात्रा हो।
पहला सफ़र हो वह
या अन्तिम यात्रा हो।।

मनुष्य का पेड़ से
सम्बन्ध जुड़ा होता है।
और वह रक्त सम्बन्धों
से भी बड़ा होता है।।

जंगल दर्शनों का समुच्चय है

किसी ऋषि की भाँति
औदात्य और गाम्भीर्य लिए
परमार्थ से अभिपन्न
और सर्वसमर्पण का भाव आत्मसात किये
चिन्तन-मनन की परिपूर्णता से विशाल
वृक्ष एक दर्शन है।

जिस तरह प्रत्येक दर्शन
आत्मविस्तार और आत्मचेतना
की प्रतिध्वनि होता है
उसी तरह प्रत्येक वृक्ष
ऐहिक अभिव्यक्ति लिए
दैवीय अनुष्ठान है।

इसलिए रहस्यों की तीव्रता लिए
धीमी गति से चलने वाली पगडण्डियों का
आत्म-साक्षात्कार कराता हुआ जंगल
दर्शनों का समुच्चय है।

पहला प्रतिनिधि

यदि तुम प्रेम से संवाद चाहते हो
सौन्दर्य को देखना चाहते हो
चाहते हो स्वयं से मिलना
तो प्रकृति से मिलो
प्रेम, सौन्दर्य और आत्म की
प्रस्तोता है प्रकृति
और उसका पहला प्रतिनिधि पेड़ है।

एक अधोमुखी वृक्ष की तरह है यह दुनिया
बढ़ रही है और पा रही है विस्तार
अनन्त विस्तार के बाद भी यह
अपने मूल से ही पाती है परिचय।

सिर्फ़ एक पेड़ कटा है हमें ये लगता है

सिर्फ़ एक पेड़ कटा है हमें ये लगता है
हमें ये लगता है कि एक पेड़ कटने से
कोई ख़ास फ़र्क़ नहीं पड़ने वाला।
ऐसे कितने ही पेड़ हैं आसपास यहाँ
ऐसे कितने ही परिन्दे यहाँ पे रहते हैं
और फिर जो परिन्दे अब तक इसमें रहते थे
वो अब पास किसी और पेड़ में चले जायेंगे
और वैसे भी कितनी ठण्डक देता था ऐसी
कि नहीं होगा तो अंगार बरस जायेगी
सिर्फ़ एक पेड़ ही तो कटा है।
सिर्फ़ एक पेड़ कटा है हमें ये लगता है!

मगर ये सिर्फ़ एक पेड़ नहीं जो कटा है मेरे आँगन का
मगर ये सिर्फ़ एक पेड़ नहीं जो कटा है तेरे आँगन का
ये एक-एक पेड़ हैं जो कट गये हैं सबके आँगन के
जिनके कटने से यतीम हो गये हैं आँगन
जिनके गिरने से कई परिन्दे हैं बेघर
जिनके न होने से बिगड़ रही है बारिश
जिनका न होना किसी बुज़ुर्ग का चले जाना है
जिनका न होना संगीत का मर जाना है
जिनका न होना साये का खो जाना है
जिनका न होना किसी अपने का मर जाना है।

सिर्फ़ एक पेड़ कटा है हमें ये लगता है!

बूढ़ा बरगद

बहुत पहले
यहाँ बीचोबीच गाँव में
एक पेड़ हुआ करता था बरगद का
गाँव का बुज़ुर्ग था वो
बूढ़ा बरगद।

कोई मसला हो
कोई मुश्किल हो
सारे गाँववाले
उसके साये में बैठ जाते थे
और हर बार ढूँढ़ लेते थे
कोई न कोई समाधान।
कितना सहज, कितना आसान

लेकिन दौर बदला और ग़ज़ब बदला
घर, आँगन, खेत, कुआँ सब बदला
हर मसले और हर मुश्किल का
समाधान देता था जो बरगद
वो गाँववालों को समस्या लगने लगा।

बूढ़े बरगद को काटा
गिराया और फिर
एक सीमेंट का पक्का चबूतरा बना दिया।
पहले जहाँ बरगद के साये में मसले निपट जाते थे
अब वहाँ उस चबूतरे पर रोज़ नये मसले होते हैं।

जंगल का संगीत

जब कोई पागल-सी हवा
किसी जंगल से गुज़रती हुई
सब्ज़ पत्तों को छूती है
तब कई सुर छिड़ते हैं
इन्हीं सुरों से
जंगल का संगीत झंकृत होता है!

जब पेड़ों की नीरवता
जंगल के एकान्त में घुल जाती है
तब पेड़ की टहनी से उड़ने वाले
पक्षी की उड़ान की धुन से
जंगल का संगीत हुमकता है!

जब सारा आसमान नापकर
कोई पक्षी अपने नीड़ पर
इतराते हुए आता है
तब उसकी गति के आलाप से
जंगल का संगीत उपजता है!

अपराध

काग़ज़ बन गये कुछ पेड़ों पर
पेड़ बचाने के प्रण को लेकर
पूरी प्रतिबद्धता के साथ
बहुत सख़्त क़ानून बनाया गया है
जिसमें गहरी स्याही से लिखा है
कि
'पेड़ों को काटना गम्भीर अपराध है'
और फिर उस क़ानून को
जंगलों की रक्षा के लिए
गेट बन गये कुछ पेड़ों पर
चस्पा किया गया है।

वृक्ष की पीड़ा

वृक्ष अपनी पीड़ा संस्कृत में कहते हैं
और हम इक्कीसवीं सदी में रहते हैं।

फ़ातेहा

इस शहर की हज़ारों इमारतों के नीचे
लाखों पेड़ दफ़्न हैं
और इन बड़ी-बड़ी सड़कों
के नीचे दफ़्न हैं कई नदियाँ
यह शहर दरख़्तों और नदियों का कब्रिस्तान है
मैं इस शहर में फ़ातेहा[1] पढ़ने आया हूँ।

सन्दर्भ

1. मृतकों की आत्मा की शान्ति के लिए, पवित्र क़ुरआन की प्रथम सूरत अध्याय 'अलहम्द' के साथ क़ुरआन की दूसरी सूरतों का पाठ या सभा का आयोजन।
   वो कविता जो शोक सभा के सम्पन्न होने पर पढ़ी जाती है उस सभा में सूरत 'अलहम्द' और दूसरी सूरतें भी पढ़ी जाती हैं।

नायक

जंगल संस्कृति का समृद्ध मंच है
और पक्षी
लोक-संस्कृति के पार्श्व-गायक हैं
नदी नायिका है
और
वृक्ष हमारी लोककथा के नायक हैं।

वैश्वदेव यज्ञ

जब कोई भाव ऋचा हो जाता है
तो अनुभूतियाँ अपने आप वेद बन जाती हैं
बिल्कुल वैसे ही
जैसे अन्तस जब कविता बन जाता है
तो कृतज्ञता महाकाव्य हो जाती है।

प्रकृति और प्राणियों को
धन्यवाद कहने का विश्व-श्लोक है
वैश्वदेव यज्ञ।[1]

---

1. **वैश्वदेव यज्ञ :** ब्रह्माण्ड के समस्त प्राणियों तथा वृक्षों के प्रति करुणा का भाव और उनके प्रति अपने मानवीय कर्तव्य का निर्वहन उन्हें अन्न-जल देना वैश्वदेव यज्ञ कहलाता है।

नाम

अगर तुम मुहब्बत में हो
तो कभी किसी पेड़ पर
कोई नाम नहीं लिखोगे
क्योंकि
इश्क़ करने वाले हस्सास होते हैं।

मापदण्ड

कितने चित्रों में बताते हैं वर्तमान
कई बिम्बों में भरे हैं अतीत
और कई प्रतीकों में दिखता है भविष्य

जन्म, मृत्यु, पतन, पुनरुत्थान
सब स्पष्ट है इसके दर्पण में
सदैव समय को गहरे
और सच्चे अर्थ दिये हैं पेड़ों ने।

दरअसल पेड़
मनुष्य की सभ्यता के विकास और विनाश
दोनों के मापदण्ड हैं।

पेड़ों की आवाज़

पेड़ हमें हमारे नाम से जानते हैं
वे हमें बुलाते भी हैं
और हमसे बात भी करते हैं
बहुत बातें करती हैं
पेड़ों की पत्तियाँ
लेकिन यह संवाद एकपक्षीय है अब
क्योंकि पेड़ों की आवाज़ें
सभ्यता के शोर में खो गयी हैं
और फिर मनुष्यता भी सुनने का सामर्थ्य खो चुकी है।

बोधि वृक्ष

बोधि वृक्ष
क्या तुम बता सकते हो सिद्धार्थ का बुद्ध होना
उनका सरल बनना
और परिशुद्ध होना।

बोधि वृक्ष
क्या तुम बता सकते हो
वह क्षण
जिसमें मनुष्य देवत्व पाता है।

बोधि वृक्ष
क्या तुम बता सकते हो
जीव-हित
एक मनुष्य का नदी बनना
एक मनुष्य का पहाड़ होना
और
एक मनुष्य का पेड़ हो जाना।

किसी मनुष्य का पेड़ हो जाना

पेड़ चेतना के पर्याय हैं
पेड़ आस्था के अध्याय हैं
पेड़ पवित्र प्रार्थना-स्थल हैं
पेड़ आकाश हैं, धरातल हैं
पेड़ परिन्दों के घर होते हैं
पेड़ पिता के बराबर होते हैं
पेड़ गाँव के बूढ़े हैं, बड़े हैं
पेड़ भाई की तरह साथ में खड़े हैं
पेड़ का होना जैसे देहरी है
पेड़ खेत का प्रहरी है।

पेड़ बच्चों का खिलौना है
पेड़ तपती धूप में शीतल बिछौना है
पेड़ आँगन का गहना है, शृंगार है
पेड़ का होना त्योहार है
पेड़ समृद्धि का समुच्चय है
पेड़ जुड़ जाये तो प्रभावी परिचय है
पेड़ कर्तव्य की परिभाषा है
पेड़ विश्वास है, आशा है
पेड़ आत्मा का आलम्बन है
पेड़ संवेदना का उद्दीपन है
पेड़ स्मृतियों का आधार हैं
पेड़ मनुष्यता का विस्तार हैं।

पेड़ में ब्रह्मा हैं, विष्णु हैं, महेश हैं
पेड़ देव हैं, देवत्व का उन्मेष हैं
पेड़ एक सरल वनवासी है
पेड़ होना मथुरा है, काशी है
पेड़ होते जाना मनुष्यता का पनपना है
और इसलिए
किसी मनुष्य का पेड़ हो जाना
इस ब्रह्माण्ड की सबसे बड़ी घटना है।

बारिशों में भीगा हुआ ये दीवाना दरख़्त

आह! बारिश में भीगा हुआ ये दीवाना दरख़्त
क़रीब इसके बिखरी हैं सरगोशियाँ कितनी
ये भीगे हुए पत्ते आहिस्ता ऐसे बात करते हैं
रात बारिश का कोई ज़िक्र छेड़ रखा हो जैसे
जैसे धीमे लहजे में कोई फ़साना बयान करते हों।

साथ खेलते हुए किसी बच्चे की तरह
ये सर्द हवा इसे छूकर भगी हों जैसे।
इस तरह आँख मलती हैं ये उनींदी शाखें
बारिश के साथ तमाम रात जगी हो जैसे

साँवले बादलों के दरम्यान ये दरख़्त
धुँध-मौसम में चिराग़ रखा हो जैसे
जैसे कोई तान छेड़ दी है मौसम ने
हवाओं के दामन में राग रखा हो जैसे।

बारिश के बाद भी बरसात लगी हो जैसे
भीगे हुए दरख़्त में कोई आग लगी हो जैसे।

वाक़ई मुहब्बत की इक नज़्म सरीखा लगता है
बारिशों में भीगा हुआ ये दीवाना दरख़्त!

पेड़

पेड़ स्वतन्त्र हैं
मौन हैं
समाधिस्थ हैं
परमार्थ में लीन हैं।
हम समझते हैं
निःशब्द हैं
गतिहीन हैं
पराधीन हैं।

समीकरण

पेड़ों को बचाना
मनुष्यता को बचाना है
और मनुष्यता का बच जाना ही
ब्रह्माण्ड का कल है।
हमने कठिन कर दिया है
समीकरण बहुत सरल था
समीकरण बहुत सरल है।

जंगल के रास्ते कविता की तरह होते हैं

पर्दा-दर-पर्दा उतरता-सा कोई मंज़र
जैसे कुछ भीतर और फिर उसके भीतर
हाँ ख़ूब भीतर और चार तीतर!
जंगल के रास्ते कविता की तरह होते हैं।

तीव्रता

बहती हुई नदियाँ रुकनी नहीं चाहिए
लेकिन अफ़सोस नदियाँ रुक रही हैं
बिल्कुल उसी तीव्रता से
जिस तीव्रता से मुझमें और तुममें
हम होने का बोध
हम दोनों का मैं रोक रहा है!

कुएँ नहीं सूखने चाहिए
लेकिन कुएँ सूख रहे हैं
बिल्कुल उसी तीव्रता से
जिस तीव्रता से अन्तस में संवेदनाएँ सूख रही हैं!

हवा ज़हरीली नहीं होनी चाहिए
लेकिन अफ़सोस हवा ज़हरीली होती जा रही है
बिल्कुल उसी तीव्रता से
जिस तीव्रता से हमारी सोचों में ज़हर घुल रहा है!

ग्लेशियर पिघलने नहीं चाहिए
लेकिन अफ़सोस ग्लेशियर पिघल रहे हैं
बिल्कुल उसी तीव्रता से
जिस तीव्रता से मनुष्य अपने होने का भाव खो रहा है!

पेड़ कटने नहीं चाहिए
लेकिन अफ़सोस पेड़ कट रहे हैं
बिल्कुल उसी तीव्रता से
जिस तीव्रता से
मनुष्य मनुष्य से कट रहा है!

पहाड़ों का विघटन नहीं होना चाहिए
लेकिन अफ़सोस पहाड़ों का विघटन हो रहा है
बिल्कुल उसी तीव्रता से
जिस तीव्रता से
मर्यादा का बोध घट रहा है!

खेतों को लहलहाते रहना चाहिए
लेकिन अफ़सोस खेत ख़त्म हो रहे हैं
बिल्कुल उसी तीव्रता से
जिस तीव्रता से
मिट्टी का मीठापन मिट रहा है!

दरअसल नदी, कुएँ, हवा, ग्लेशियर
या पेड़, पहाड़ और खेत
अब मेरी और तुम्हारी प्रकृति के प्रतिबिम्ब हैं
या यह भी कह सकते हो कि
हमारी विकृति और
प्रकृति के विनाश के चित्र हैं!

बूढ़ा जंगल

काँपते हुए क़दमों से
कितना हाँफते हुए
ये बूढ़ा जंगल
कुछ बचे पेड़ों को
लाठी किये
लड़खड़ाते हुए चल रहा है
बिल्कुल चुपचाप!

कितना सन्नाटा पसरा है इसकी आँखों में
और एक डर-सा डर है
आदम ज़ात का
कि जाने कब आ जाये
लेकर कुल्हाड़ियाँ अपनी
और फिर काट दे लाठी।

अव्यक्त होने का दुख

जंगल,
इक्कीसवीं सदी में तुम
संस्कृत का श्लोक हो गये हो
तुम्हारा अन्तर्नाद
अब अप्रासंगिक है।
मुझे लगता है
तुम यह जानते हो
इसलिए
चुप रहते हो
क्योंकि अव्यक्त होने का दुख
व्यक्त होकर
किसी के न समझ पाने से उपजी पीड़ा से कम होता है।

सूखा पेड़

पेड़ों में परम-तत्त्व होते हैं
वे देने के सुख से समृद्ध होते हैं
कोई पेड़ यदि सूखा भी हो
तब भी मंगलकारी होता है वह
वह कभी स्वार्थी नहीं होता
कभी आत्मकेन्द्रित नहीं होता
सूखा पेड़ भी कभी मनुष्य जैसा नहीं बनता।

पौधे तुम मेरे दोस्त बनना

गुड़िया बोली पौधे से
पौधे तुम मेरे साथ बढ़ना
पौधे तुम मेरे दोस्त बनना

मम्मी-पापा मेरा ख़याल रखते हैं
मैं करूँगी तुम्हारी देखभाल
फिर तुम बन जाना बहुत विशाल!

महकना, मुस्कुराना, खिलखिलाना
बड़े होकर दरख़्त बन जाना
और कई परिन्दों का घर बन जाना!

एक और बात तुम्हें है बताना
बादल लाकर खेतों पर बरसाना
'पौधा भैया बड़ा ज़रूरी है किसानों का मुस्कुराना।'

उदासी किसी को हो दुख देती है
और अच्छा लगता है सबका हँसना!

गुड़िया बोली पौधे से
पौधे तुम मेरे साथ बढ़ना
पौधे तुम मेरे दोस्त बनना।

बहुत पेड़ थे

नीम का पेड़
गाँव का हकीम था।
वो बूढ़ा बरगद
गाँव का बुज़ुर्ग था।

पीपल का पेड़
खेलते हुए बच्चों का
पवेलियन था।
और अमरूद का पेड़
नाश्ताघर सरीखा था।

बहुत पेड़ थे
बहुत थी छाँव
बहुत रईस था
पहले हमारा गाँव!

एक पेड़ रहता था अकेला

मेरे गाँव के पास एक छोटी-सी पहाड़ी पर
एक पेड़ रहता था अकेला
कोई पहर हो, कोई मौसम हो
अकेला सहता था, अकेला रहता था
उससे बात करने के लिए भी
उसके पास कोई पेड़ नहीं था।

मैं जब हारने-सा लगता
या ये सोचकर उदास होता
कि कोई मुझे शायद सुन या समझ नहीं सकता
तब मैं उसके पास जाकर बैठ जाता था
जैसे अपने साये से वो मेरी तपिश को सहलाता
और उसका भाव प्रखरता से कहता
"जोदि तोर दक शुने केऊ ना ऐसे तबे एकला चलो रे।"[1]

1. **"जोदि तोर दक शुने केऊ ना ऐसे तबे एकला चलो रे"**
   [যদি তোর ডাক শুনে কেউ না আসে তবে একলা চলো রে]
   "यदि आपकी बात का कोई उत्तर नहीं देता है, तब अपने ही तरीक़े से अकेले चलो।"

   –रवीन्द्रनाथ ठाकुर

पेड़ धरती के गहने हैं

जिस तरह
किसी नारी का सौन्दर्य
आभूषण से बहुगुणित हो जाता है
उसी तरह
पेड़ धरती के गहने हैं
इससे धरती का सौन्दर्य अतुलित हो जाता है।

वृक्षारोपण नहीं होता

एक नवजात शिशु की तरह
प्रत्येक वृक्ष
एक पौधा होता है
पौधे आरोपित होते हैं
बढ़ते हैं वे तब वृक्ष बनते हैं।
पौधारोपण होता है,
वृक्षारोपण नहीं होता।
वृक्ष बनना एक दीर्घकालिक प्रक्रिया है।

जड़

पौधे की तरह होते हैं विद्यार्थी
प्रारम्भ से ही उन्हें सींचना आवश्यक है
तब ही वह आत्मसात कर सकेंगे संस्कृति-चेतना
पा सकेंगे आध्यात्मिक विस्तार
अत: जड़ों को पानी देना अनिवार्य है
क्योंकि
बाद में
तनों पर पानी देने से
पौधा सड़ जाता है।

ख़ाली जगह

'पर्यावरण बचाओ' के इस नारे के
बुलन्द उद्घोष में
'पर्यावरण' और 'बचाओ' के बीच
की ख़ाली जगह पर
हमें पेड़ लगाने होंगे
तब ही यह पर्यावरण बचेगा
अगर ऐसा नहीं है तो
नारों की तीव्र ध्वनि
पर्यावरण प्रदूषण के एक अन्य कारण के सिवाय
कुछ भी नहीं है।

विडम्बना

एक बोनसाई की हिफ़ाज़त के लिए
कुछ पेड़ दरवाज़े हो गये हैं
और कुछ पेड़ खिड़कियाँ बन गये हैं।

मनुष्य

'जंगल के क़ानून' से
नहीं बच सकते जंगल
जंगल बचाने के लिए
हमें फिर से मनुष्य बनना होगा!

क़ब्रगाह

नयी बस्तियों की बड़ी-बड़ी बिल्डिंग्स
और वहाँ बनाये जा रहे नये मकानों के निर्माण की शर्त
यदि पेड़ और खेत हैं
तो हम
आने वाली नस्लों की नयी क़ब्रें बना रहे हैं
नयी बस्तियाँ नहीं।

पेड़ का तना

पेड़ का तना बहुत खुरदुरा होता है लेकिन
इससे कभी भी कोई चोट नहीं लगती
जैसे पिता जितने सख़्त होते हैं
बच्चों के लिए उतने ही मुलायम।

आम का पेड़

एक मुद्दत के बाद आज जब गाँव को देखा
जैसे तेज़ धूप में जलते अपने पाँव को देखा
बहुत बड़ा हो गया है पहले से
बड़ी-बड़ी सड़कें
बड़े-बड़े मकान
बड़ा-सा बाज़ार सब कुछ।
मगर हमारे गाँव के चौराहे पर
कभी एक आम का पेड़ हुआ करता था।

एक और माँ!

गोबर की महक से रोशन
वो पीले गाढ़े रंग का आँगन
फिर उसके तीन तरफ़
मौलश्री से लिपटकर आँगन में पड़ी रहती हैं
ये बतियाती हुई पारें
और आँगन के बीच में ये अपना तुलसीकोट
तुलसीमाता है!
माँ के साथ एक और माँ रहती है घर में!

बऊ

शाम गहराने के बाद
पेड़-पौधों को छूना पाप होता है
बऊ हमेशा समझाती थी हमको
कि रात को पेड़-पौधे सो जाते हैं
उन्हें मत छूना।
कल रात सोते वक़्त
बहुत-से पेड़ों का क़त्ल हुआ है
शायद क़ातिलों की कोई बऊ नहीं होगी।

बँटवारा

घर के बँटवारे में
अब उस जगह दीवार बन गयी है
जिस जगह पहले एक पेड़ हुआ करता था
दरअसल अधिकार सबसे पहले बँटते हैं
और कर्तव्य रह जाते हैं
फिर शायद माँ-बाप भी
बेटों को नहीं सिखा पाये
कि कोई भी पेड़
किसी भी दीवार से सुन्दर होता है।

वैज्ञानिक जीवन पद्धति है हिन्दुत्व

मानवता का आचरण है
प्रेम और प्रार्थना का व्याकरण है
कोई जाति या सम्प्रदाय नहीं
वैज्ञानिक जीवन पद्धति है हिन्दुत्व
सनातनी संस्कृति का शाश्वत स्वर
'ऋग्वेद'
प्रकृति पर हमारी अपरिमित आस्थाओं को कहता है
इसलिए विश्व के इस प्राचीनतम ग्रन्थ का
पहला मन्त्र अग्नि को समर्पित है।

सरलता का तिरोहण

प्रकृति के प्रति
कृतज्ञता के भाव का तिरोहण
मनुष्य के जीवन से
उसकी सरलता का तिरोहित हो जाना है।

भारतीय दर्शन

भारतीय दर्शन का दिग्दर्शन
और पर्यावरणीय सद्भावना सुविन्यस्त।
इससे सुन्दर पंक्ति मैं नहीं लिख सकता
इसलिए
'मत्स्यपुराण' का यह सूक्त लिख रहा हूँ कि
'एक वृक्ष दस पुत्रों के समान होता है।'[1]

---

1. मत्स्यपुराण (154.511-512) में वनों के महत्त्व को स्वीकार करते हुए कहा गया है कि दस कुओं के बराबर एक बावड़ी होती है, दस बावड़ियों के बराबर एक तालाब, दस तालाबों के बराबर एक पुत्र है और दस पुत्रों के बराबर एक वृक्ष होता है–
'दशकूपसमावापी दशवापी समो ह्रदः।
दशह्रदसमः पुत्रो दशपुत्रसमो द्रुमः।।'

प्रमाण

एक प्रमाण तो
देना होगा
मनुष्य होने का।
मैं अगर
एक पेड़ नहीं लगा सकता
तो किसी के द्वारा रोपित
एक पेड़ सींच तो सकता हूँ!

बुज़ुर्ग

पेड़ अपने आसपास
सब शीतल रखते हैं
इसलिए
जिन घरों में पेड़ नहीं होते
वे कई तरह से तपते हैं।
साया देते हैं
पेड़ और बुज़ुर्ग एक जैसे होते हैं।

पानी

हमारे आसपास किसी पौधे का सूख जाना
हमारे भीतर के इन्सान का सूख जाना है
इसलिए लाख सूखा हो
अपने भीतर के इन्सान को पानी देते रहना।

पानी

पेड़ सिर्फ़ पानी माँगते हैं
हमसे
हमारे जीवन के बदले।
दिन में कई बार पानी पीने वाला आदमी
एक बार तो पेड़ों को भी पानी दे ही सकता है।
हाँ मगर,
जिसमें पानी हो
वही पानी दे सकता है।

पेड़

किसी पेड़ को चुपचाप देखना
उससे अपना सब कुछ कह देना है
और किसी पेड़ से लिपटना
अपने आप से गले लगना है।

दाग़

अपनी शाख से
किसी परिन्दे के
घोंसले का गिर जाना
एक पेड़ के लिए
उम्र भर का दाग़ होता है।

रास्ता

पेड़ों से भरे हुए
रास्ते पर चलना
अकेले चलते हुए भी
किसी हमसफ़र के साथ चलने जैसा है।

रास्ते

जिन रास्तों में पेड़ नहीं मिलते
वे रास्ते यतीम लगते हैं
रास्तों में पेड़ों का होना
रास्तों का घर के होने जैसा है
वे कभी भी
किसी पेड़ के नीचे आराम कर सकते हैं।

क़द

किसी भी पेड़ का क़द
उतना नहीं होता
जितना दिखता है
पेड़ ज़मीन के भीतर
ज़्यादा बड़े होते हैं।

पेड़ की छाया

सीधे हमारी आत्मा पर पड़ती है
किसी पेड़ की छाया
और आत्मा का रंग गहरा देती है
और दौड़ते-भागते मन का
हाथ थामकर
आहिस्ता-आहिस्ता ख़ुद में ठहरा देती है।

पेड़ पर जल चढ़ाना

किसी भी क़िस्म की
पुण्य-प्राप्ति से परे
और पाप नाशों से विलग
किस पेड़ पर जल चढ़ाना
अपनी सूखी आत्मा को भिगोना है
जैसे-जैसे हम पेड़ पर जल चढ़ाते हैं
हमारा अन्तस भीगते जाता है।

नाम

कुछ पेड़ों को हम काम से जानते हैं।
कुछ पेड़ों को हम दाम से जानते हैं।
लेकिन एक बार स्वयं से पूछिए तो सही
कि कितने पेड़ों को हम नाम से जानते हैं।

आर्टिस्ट

अनगिनत पेड़ों को काटने के बाद
मकान बना लेते हैं हम
लेकिन उस मकान को घर बनाने के लिए
बनानी होती हैं क्यारियाँ
लगाने पड़ते हैं कुछ पौधे।

सच तो यह है कि
पेड़ हमारी आत्मा के स्तम्भ हैं
और अब आत्मा जैसा अगर
किसी मनुष्य में कुछ बाक़ी है
तो वह एक आर्टिस्ट ही है

इसलिए किसी भी कैनवास पर
कोई भी घर बनाते समय
आर्टिस्ट एक पेड़ बना देता है अनायास।
थोड़ी-सी भी आत्मा अगर जीवित है
तो वह पेड़ों के बिना साँस नहीं ले सकती।

ड्राइंग

छोटे बच्चे बहुत सरल होते हैं
और पेड़ भी बहुत सरल होते हैं
इसलिए
किसी छोटे बच्चे की
पहली
ड्राइंग
पेड़ होती है।

पेड़त्व

किसी भी मनुष्य की
मनुष्यता का सर्वश्रेष्ठ रूप
देवत्व को पा लेना है
और जब देवत्व
विकसित होकर
अपने चरम पर पहुँचता है
तो वह पेड़त्व को पा लेता है
अत: यह निष्कर्ष है
कि
पेड़त्व चेतना का उत्कर्ष है।

दिमाग़

पेड़ तुम कैसे जीव हो
सब सच कहते हैं
कि तुममें दिमाग़ नहीं है
जो कुल्हाड़ी लेकर तुम्हें काटने आता है
तुम कटते-कटते
चिलचिलाती धूप में
उसे ही आश्रय देते हो।

अशोक

कोई भी वृक्ष ऐसे ही अशोक नहीं बन जाता
किसी वृक्ष के अशोक बनने के लिए
अनिवार्य है
किसी वृक्ष का बुद्ध के जन्म का साक्षी होना
किसी वृक्ष का महावीर के त्याग का गवाह होना
सीता के तेज से औदात्य पाना
उसकी निर्मलता से पोषित होना
तब कहीं शोक अशोक बनता है।

विश्व वृक्ष

जिसकी शाखाएँ असीम हैं
व्यास अपरिमित है
और पाताल तक है जड़ों का प्रवाह
और नभ की असीमता तक है विस्तार
स्वर्ग से अभिसिंचित होता यह
धरती और आकाश के बीच का पुल है
गतिमान ब्रह्माण्ड की धुरी है विश्व वृक्ष।

समस्त वर्णों, जातियों, सम्प्रदायों, आस्थाओं
और आराधनाओं के प्रकारों का सर्व स्वीकृत सुर है
मनुष्यता का विश्व-संगीत और
एकात्म मानवतावाद का प्रतीक है विश्व वृक्ष।

संस्कार

नदी माँ है
पेड़ पिता हैं
और पहाड़ देवता-तुल्य हैं।
भारतभूमि का संस्कार
और सनातन परम्पराओं का सात्विक स्वर है प्रकृति-संरक्षण
जिसका भाव है सर्वस्व समर्पण।

पेड़-दर्शन

तुम्हारे पास छत नहीं है
तो तुम्हारा नाम नहीं पूछूँगा
तुम्हें अपने पास बुला लूँगा
मेरी सारी छाया तुम्हारे लिए है।

तुम धूप से झुलस रहे हो
तो मैं तुम्हारी जाति या वर्ण पूछे बिना
आश्रय दूँगा
मेरा सारा संसार तुम्हारे लिए है।

तुम भूखे हो
मेरे सारे फल तुम्हारे लिए हैं।

मैं आदमी नहीं हूँ
जो यह सब पूछने के बाद
और सोचकर हाँ कहूँ
या मना कर दूँ।

तुम्हारे जीवन
तुम्हारे आश्रय
और तुम्हारी भूख से मेरा गहन परिचय है।
इसलिए तुम संसार के
किसी भी देश के

किसी भी पहाड़
किसी भी शहर में
किसी भी देश या शहर से आओगे
तो तुमसे कुछ भी पूछे बिना
तुम्हारे साथ हो जाऊँगा मैं।

सबसे पीड़ादायक ध्वनि

किसी पेड़ के कटकर
धरती पर गिरने की आवाज़ में
पेड़ का रुदन होता है
यह
संसार की
सबसे पीड़ादायक ध्वनि है।

फलना

खेतों में दाने डालने होते हैं
फ़सल के लिए
तब फ़सल फलती है
लेकिन खेतों में हम
दानों की जगह
मकान बो रहे हैं

कितने पेड़ काटकर हमने
मकान बोये हैं
पर हम भूल जाते हैं कि
मकान फलते नहीं।

चेतना

मेरे नाम से जानते हैं
कुछ पेड़ मुझे
और कुछ पेड़ों को
मैं उनके नाम से जानता हूँ
एक चेतना पसरी रहती है
जिससे जुड़े हैं हम दोनों।

मरघट

एक पहाड़ कटने से
कई पेड़ मर जाते हैं
और
एक पेड़ के मर जाने से
कई परिन्दे यतीम हो जाते हैं
और
परिन्दों के यतीम होने से
वहाँ रहनेवाले मनुष्यों के

आसपास का आसमान
मरघट-सा सुनसान बन जाता है।

हरा

मनुष्य के दिखावों ने
मनुष्यता को हरा दिया है
वरना जितनी तख़्तियों पर अब तक
पेड़ों को बचाने के लिए
नारे लिखे गये हैं
उतने पौधे लगे होते तो
सारा ब्रह्माण्ड हरा हो जाता।

प्रेम की कविता

खेत अकारण सुन्दर दिखाई नहीं देते
खेतों में श्रम का सौन्दर्य बिखरता है
किसान खेतों के काग़ज़ पर
पसीने से प्रेम की कविता लिखता है।

जंगल-राग

जंगल के पत्ते-पत्ते शब्द हैं
और जंगल का अपना राग है
सुन सको तो सुन लेना
जंगल ख़ुद कभी कुछ नहीं कहता।

सभ्य असभ्य

जंगल में शहर का जाना
एक नियमित दुर्घटना है
और शहर में जंगल बनाना
शहर का सौन्दर्य है
क्योंकि जंगल मनुष्य को
सभ्य बना देते हैं
मनुष्य अपनी तरह
जंगल को असभ्य बना रहा है।

आदमी

पानी में डूबते हुए आदमी से पहले
वो आदमी मर जाता है
जो उसे डूबते हुए देख रहा है
उसी तरह किसी कटते हुए पेड़
से पहले वह आदमी
अपने आदमी होने से कट जाता है
जो उसे कटता हुआ देख रहा है।

बरसात में जंगल

बरसात में भीगा हुआ जंगल
किसी उपन्यास की तरह लगता है
और जंगलों के किनारों के पहाड़ों पर
बरसात लिख देती है
उसके सभी पात्रों के चरित्र-चित्रण।
बरसात में भीगे हुए पेड़
उपन्यास के नायक की तरह होते हैं
धीरोदात्त और धीरललित नायक
उनकी एक-एक शाख में
हज़ारों कहानियाँ होती हैं।

सहेली

वो समझती है
और चुपचाप सुन भी लेती है
इसलिए वे
सब कह देती हैं।
किसी घर के आँगन में
लगी तुलसी
उस घर में रहने वाली
नारियों की सबसे ख़ास सहेली होती है।

नदियों के पुत्र हैं पेड़

नदियों के पुत्र हैं पेड़
पहाड़ों के मित्र हैं पेड़
साँस लेते हुए इत्र हैं पेड़
इस ब्रह्माण्ड के सबसे सुन्दर चित्र हैं पेड़।

बारिश के बाद जंगल

बारिश के बाद जंगल
कालिदास के मेघदूत जैसे लगते हैं
और पेड़ संस्कृत में लिखे
श्लोक की तरह
प्रेम कहते हैं।

एक पेड़

परिन्दों से प्यार है तुम्हें
और परिन्दों की आवाज़
सुनना चाहते हो
तो पिंजरा मत खरीदो
एक पेड़ लगाओ।

किसी शहर में
कोई शहर कितना ज़िन्दा है
या उस शहर में कितने सभ्य
या कितने संवेदनशील लोग रहते हैं
अगर यह देखना है
तो उस शहर के जंगल देखना।

किसी शहर में
बचे हुए जंगल
उस शहर की मनुष्यता के पर्याय हैं।

जंगली

किसी शहर में
जंगलों का न होना
उस शहर का
प्रचलित अर्थों में
'जंगली' होना है।

एक नदी के सूख जाने से

एक नदी का सूख जाना
सिर्फ़ एक नदी का सूख जाना नहीं है
एक नदी के सूख जाने से
कई पेड़ यतीम हो जाते हैं
परिन्दा रुकता है कोई
न शाखें लचकती हैं
सूखी टहनियाँ
फूलों को तरसती हैं
और किसी दिन
अपनी तनहाई से घबराकर
वे पेड़ ख़ुदखुशी कर लेते हैं।

गाँव

पहले पेड़ थे जहाँ पर
अब कितने मकान हैं
नक्शा तो अपने गाँव का
बिल्कुल बदल गया।

टेसू के फूल

फाल्गुन की पूर्णिमा आते-आते
जंगल के भीतर और सब किनारों पर
टेसू के फूल इस क़दर खिलते हैं
कि पूरे जंगल में
इश्क़ का इंक़लाब आ जाता है
आग लग जाती है जैसे जंगल में।

तो इश्क़ वालों,
ज़रा सब्र रखो
तमाम क़िस्म के पतझड़ों
और हरिक क़िस्म की तपिश के बाद
जो भी मौसम आयेगा
उसकी पूर्णिमा में
चाँद आयेगा
और
मुहब्बत का टेसू खिलेगा।

❑❑